# プリズム

# Prism Ⅱ

*Nakatogawa Yumi*

中戸川由実句集

ふらんす堂

# プリズムⅡ＊目次

# 句集　プリズムⅡ

# I

# 新松子

# 平成二五年〜二七年

初夏や船のポストに投函す

夏鳥の通り道てふ大欅

さつきまで明るき卯の花腐しかな

六月の文目をたたせ烏骨鶏

遠巻きにをのこも群れて虹二重

甲斐駒に雲のひとひらさくらんぼ

船籍は遥かなる国南吹く
子はとうに駆け出してをり夜店の灯

風入れの書架の匂ひに佇めり

水文字の消ゆる速さや夕焼雲

クリスチャンネームに逝けり蟬しぐれ

出産日訊くも一会や花火の夜

白砂の踝に引く盆の波

舷に犬吹かれゐる涼新た

夜も白し牛込橋の秋の雲

間歇の次の水輪や豊の秋

待宵の胸に青める真珠貝

秋冷の椅子に被せある父のもの

方丈に靴の小ぶりや実むらさき

買ひ手つく熊手に半被揃ひけり

師と共にありし歳月冬ざくら

香らせて葭竹《あせ》寿司を解く小春かな

岬鼻まで紀州青石冬うらら

封蠟に王家の紋や冬珊瑚

白息に樅の一本担ぎゆく

聖樹の灯ストラディヴァリの余韻曳き

千万の神在す国の初明り
単語帳扇びらきに初電車

青インクにじみて届く雪見舞
人の目をひらりとかはし雪女

愛犬メイ

何も見てをらぬ瞳に春の雪

下萌やフェンスの外の球拾ひ

河口へと鳥の反転雨水かな

春北風の空へ脚立を伸ばしけり

八重山の粒の大きな春の星

うぐひ飼ふ山の茶房に長居せり

盛りなる薔薇の向かうの変声期

水無月の読みてふくらむ文庫本

波がしら消し込んでゆく白雨かな

豆腐屋の釣銭ぬれて夏の雲

輪読に松島の章夏季講座

晩夏光レンズにひづむ旧字体

山北の雲の切れゆく初尾花

石垣に藩持ちの印秋高し

山鳩のこゑほろほろと白露かな

木犀や束の書簡を解く夕べ

上げ潮の川光りだす新松子

水鳥に張りつめてゐる水の青

葦枯れて人声といふ温きもの
あの頃はみんなおかつぱ落葉径

稿了の句点朔日冬至かな

真つ新な軍手せはしき飾売

お降りや嫁ぎきし子と嫁ぐ子と

風花やけふも北山あたりより

遅がけの笹大ぶりに残り福

大寒の数を尽くして港の灯

寒明や風切羽の光撒き

楡はいま風梳くばかり春遅々と

からまつの影を落として雪解川

初音きく手水がはりの山の水

響かせて使ふ鋏や梅の谷戸

均されしばかりの土に仔馬たつ

閉館のボレロ流るる春の宵

対岸のモスク影なし春惜しむ

緑蔭に運ばれてゆくチャイの盆

呼びかはすやうにアザーン夜の新樹

外つ国の卯波主翼の傾きに

エプロンの白きに受けて枇杷の珠

たふたふと谷戸の風あり花菖蒲

水打つて入谷に市のはじまれり

雨籠めの鬼灯市のフィラメント

切り絵めく巨船の窓や夜の秋

水明りあぎとに受けて松手入

婚の日を数へ夜なべの躾糸

羽根とめて在りし日のごと冬帽子

冬麗の空風鐸の四方にあり

北山の出会ひがしらの夕しぐれ

正客の座に正真の冬紅葉

# Ⅱ　片道切符

平成二八年〜三〇年

船宿のそろふ舳先や松飾

枯れきはむ木に鳥礫星礫

伊賀に入る単線軌道初つばめ

幾たびの帰郷や花のはせを句碑

正風に土芳ありけり百千鳥

香代子叔母

春の日の錦となりて彩の糸

嫁ぐ子の片道切符鳥雲に

波の紋踏みて汐干の人戻る

花嫁の来れり風の五月かな

白薔薇を挿頭しダンスのはじまりぬ

初夏の夜目にもしるき鷗かな

六月の伊勢より届く麦手餅

形代に息継ぎ足して母病めり

退院の母には大きサングラス

海の日の膝につば広帽子かな

濯ぎもの風に放てり鰯雲

裏口に暮しのつぶさ花すすき

小鳥くる城下マップに友の家

汀まで鴇いろ越の秋夕焼

聖堂に楽の満ちたり革手套

みしみしと凍雲夜をわたりゆく
碑は巨船のかたち日脚伸ぶ

胎の子に名のついてをり春隣

石積みに崖《ブラフ》の名残花エリカ

朝駆けのあとの憩ひや春の土

囀や木の間にシャドウボクシング

もののの芽の奥に混み合ふおんめさま
日の辛夷風の辛夷となりにけり

昔話みんな太郎や桃の花

仁咲誕生

芽ぐみたる楡やポプラや誕生す

湯にひらく赤子の五指や新樹光

薔薇の風モデルルームの窓開いて

卯の花のこぼれつぐ日々母癒ゆる

蕗の香や八十路まだまだはたらく手

えご散るや楼へ登りの石畳

麦秋やざつくりと描く旅の地図

海の塩山の塩もて夏料理

白南風やマリア像おく操舵室

島宮の昏さ曳きゐる鳳蝶

アロハ着て鎌倉野菜即売所

標本の尺骨腓骨野分過ぐ

稲架棒の寝かされてゐる山の晴

霧ごめの埠頭に高き働く灯
新米の香りの中に喃語ふゆ

とどめてはおけぬ時間や冬銀河

小豆粥どこもまあるき子を膝に

寒明や拍手高く願ほどき

弁当の届く社務所や梅日和

説得の次なる一手スイートピー

咲ふ子に乳歯のいくつ桃の花

墳山の私信のごとき落花かな

過ぎ去りし時間を畳む花筵

メレンゲの角ひかりだす蝶の昼

ふたつ目の湖見えてくる新樹光

行けさうな鏡の向かう緑の夜

焼きたてのジンジャークッキー梅雨晴間

緑蔭やいまだ動かぬチェスの駒

青梅雨や護摩木の崩ゆるひと焔

鳥ごゑの近き夕べや合歓の花

正論は正論としてソーダ水

はつあきやフジタの女発光す

鬼灯や時に濃くなる父系の血

女子校の蜻蛉のくる守衛室

烏丸の釣瓶落しに紛れけり

みみず鳴く河岸のにほひの消えし駅

舫ひ綱色なき風に放ちけり

カンナ燃ゆ砲台ありし島影に

戌の日の秋澄む武蔵一の宮

新米のどかと届きぬ帯祝

初紅葉ここにはじまる大路かな

臥す母の声に張りあり冬桜

# Ⅲ　夜の新樹

# 平成三一年〜令和三年

読初は母に聴かせる白寿の詩

莉鳳誕生

子にもらふ欠伸の連鎖あらせいとう

はくれんの飛び立ちさうな空の色
店前の籠の小鳥も囀れり

観戦のフェイスペイント風光る

重機ゆく卯月曇のＡ埠頭

卯波つぎつぎ望遠鏡の中よぎる

夜の新樹ひとりふたりと子を帰す

乗る風のいくすぢ早苗やんまかな

龍神を祀る際まで田が植わる

稚魚の生む小さき水輪花あさざ

朝涼し媽祖廟に結ふ願ひ帯

蓋碗にひらく花茶や青葉闇

潮焼けの笑顔にひさぐ島のもの

追熟の三日メロンの網目かな

宮邸の庭の日おもて柿の秋

三叉路のひとつは池へ茨の実

金賞の菊に溺るる蜂の尻

真夜中の心電波形火の恋し

香煙に額より入る風邪心地

言霊の幸ふ国の初御空

日向ぼこそれぞれにある持ち時間

慎しみて宮の一会の寒牡丹

正宗工房鞴始の明日を待つ

藜にもどる朝の光や蕪汁

人日の菓子の包みにパリの地図

広前の梛に日の射すお筒粥

粥占の文言を待つしじまかな

鶯替の幸せ祈る列につき

田遊びの斎竹秀づ茜空

蔵町の目塗台より寒雀

梅ふふむ菓子の司に御用箱

龍の風獅子の風受け春節祭

家毀つ音の中なる大椿

山焼を了へし容や伊豆の晴

雨間の雫ごと花吹かれけり

千年の大樟鳴らす春の風

白酒や這子飾りの紅の糸

やはらかき握手に別れ春の宵

指栞して春眠の膝の本

山風に日の斑のせはし二輪草

置き去りの空虫出しの雷ひとつ

たんぽぽの絮吹いてみる無聊かな

巣籠りのふいに膨らむ鳩の胸

引き潮の貝の微小や涅槃西風

マロニエの花盛りなるパリ全区

ファサードは石の刺繡や緑さす

薔薇ひらく退屈さうな天使像

切尖まで水のいのちの花あやめ
オカリナのふたつ息合ふ清和かな

湯熱りのてのひら赤し花みかん

母に解く新茶の叶結びかな

潮騒と思ふ葉騒や聖五月

錠剤のころがつて止む夕薄暑

手斧目の梁くろぐろと梅雨に入る

左舷より右舷にまはる五月富士

むらさめや昔桶屋の花ざくろ

楊梅の木椅子にはづみ落ちにけり

結び葉や大き手を組む孔子像

濃紫陽花きれいに閉ぢし命かな

インク吸ふ紙の重さよ明易し

神山より来たる雨脚夏祓

立砂の影濃き中に蟻の列

宮水の冷し珈琲友のあり

名盤のコンチェルト聴く夏館

日常がねぢれてゆくよ真炎天

門川に汲む打水の長柄杓

普請場に木つ端の匂ふ夜の秋

雪花菜炊く厨に通す夕嵐

爽籟や蔵に発酵すすみをり

石の目を読みゐる石工秋のこゑ

ぬばたまの今宵かぎりの島の月

日めくりの一日一善小鳥くる

秋澄むや歌ひはじめのファルセット

秋冷の湖のホテルに艇庫跡

手になじむ寄木の無垢や雁渡し

山の端の空ごと動く初尾花

本に挿す拝観券と櫨紅葉

新米や黒部の水のいきいきと

福分けの朱欒に両手ふさがりぬ

行く秋のきれいな羽根を拾ひけり

繭色のランプシェードの夜長かな

底冷えの京の暮しに決まりごと
ひだまりの椅子に母載る小春かな

誰彼の記憶に生きて冬銀河

初富士やいつものの橋に折り返す

お披露目の仔犬にリボン女正月

ひと摑み母にも持たせ年の豆

まんさくを初めのいろに谷戸の道

まならに父の後手輦の角

初ざくら墨の匂ひの文届く

誕辰の青き空より飛花落花

ゆく春やきのふに続く汐曇り

引く馬の目にも五月の光かな

船笛のひとつ乗りくる薔薇の風

青葉木菟夢見の父の若き声

あぢさゐや地続きに棲む三姉妹

在りし日の父と向き合ふ曝書かな

豆《トウ》花《ファ》のひと匙づつに月涼し

独り焚く夕べ門火の音乾く

林火忌の胸にひらきしもののあり

日がな立つ御山洗の水けむり

松原に秋初風の至りけり
波の磨ぐ石のまろさや秋のこゑ

松籟や雲の切れ間の天の川

月に干す雨に遭ひたる旅のもの

中今の母の背拭ふ良夜かな

釣竿のしなふ光も水の秋

函嶺のむらさきだちぬ稲架襖

数珠玉や田んぼに居つく鳥の影

ピアノ椅子くるりとまはす秋思かな

行先は決めずにかむる冬帽子

母永眠

白粥の終のひと匙霜の花

風花とつぶやく声が電話より

# Ⅳ 月見草

令和四年

父母の遺影をならべ去年今年

初雪や差し伸べてみる喪の腕

お移りの菓子のいろいろ寒見舞

白檀の香に包まれし日向ぼこ

足るを知る利休の訓へあたたかし

柴又のひざしごと買ふうぐひす餅

渡し場に舟の影なき余寒かな

同窓のいつまでも女子梅ふふむ

みささぎの天辺までの山桜

旅先のラジオ体操初つばめ

二両車に学生服と桜人

奥千本あたりは桜隠しかな

春の灯や葛屋に買ひし桜漬

神々の住まひし丘や匂鳥

朱印帖に母在りし日の花の旅

盆地ゆく奥も盆地や柿若葉

金雀枝やいつせいにたつ翅の音

透明になるまで吹かれ若葉風

湯けむりの旋風立ちたる青嵐

実桜や黒き御影の林火句碑

落葉松の梢がくれに夏の月

老鶯や碓氷峠の高曇り

今宵また一輪母の月見草

四十雀娘の部屋に友泊めて

栗咲くや昔ここまで伊達の領

青田波トラック停まる診療所

大滝の太刀のひかりとなりにけり

その奥に軍神おはす白雨かな

山国ははた川国や紅の花

水底に影の銀山夕河鹿

声にしてその名涼しき尾花沢

夏山や膝立てて溶く水絵具

羅や中入りに着く桟敷席

サックスの倍音伝ふ律の風

盆路をぬらしてゆけり通り雨

夜の桃ほのかに匂ふ仏間かな

新盆の窓に月光掬ひけり

父母に沙汰問うてみる初月夜

長き夜のじゆごんのやうな抱き枕

星飛ぶやギリシャ神話のうろ覚え

素風くる天井までの箱篳笥

もつれつつ日の濃きところ秋の蝶

水底に古都の列柱秋澄めり

毬栗のあを千年の幹たたく

木犀の門扉をひらく帰国の夜

雲呑にまぎれてしまふ秋思かな

金粉にまみれ人ゆく秋落暉

七五三紅をさされし唇とがる

壺ぬぐふ縁の小春や朝人忌

深息に落葉の匂ひ雨あがる

聖夜更くマリオネットの羊たち

新雪にまぶされてゐる樹々の影

根付鈴鳴らしくる子や深雪晴

霜晴やあたためてゐるプランB

# V 黒葡萄

令和五年～六年

胸の子と影をひとつに初御空

紅白の紐の栞に読始

日脚伸ぶ河馬におやつの放物線

笹鳴や丘の木椅子の背のぬくみ

帯結ぶ合せ鏡に春立てり

三椏の咲くひだまりに犬待たせ

退さりても退さりてもなほ花辛夷

振つてみる瓶の星砂春の雷

春夕焼みんな巻毛の天使像

チェリストの深きブレスや春の宵

香りたる一樹に屈む苗木市

あたらしき地図の折り目や木の芽風

朧夜のざらめとけだす紹興酒
伯母に似しなみだぶくろや夕永し

花過ぎの正座にひらく終刊号

春筍の皮うづたかく尼寺の庫裡

春夕焼ビルの谷間のすみれいろ
吊橋の揺れ山藤のゆれにけり

石楠花の風にかかげし花冠かな

書架に引くバックナンバー若葉冷

青蔦や廃墟となりて仰がるる

黒揚羽よぎる古刀の飾り窓

発掘の亭午の憩ひほととぎす

万緑や息のかぎりの谷渡り

十薬に伏して途方に暮れてをり

黒南風や天水盤に鋳物師の名

みひらきの山の絵青き夏至夕べ

白南風の海へ傾るる旧市街

玲奈誕生

目のあいて生後四日の夏の月

父似とも思ふ目元や星涼し

喜雨を聴く歯科の寝椅子の傾きに
いつのまに長子の組みし盆提灯

小説の中の雨音黒葡萄

腰かけてみたき山の端月今宵

汲むひともなき岩窟の水澄めり

草軽の名残や霧のロータリー

露葎秋葉さままで靴ぬらし

木の実降るふる旧軽の石畳

汝も吾も遊子のひとり萩の風

爽籟や弓場にのこる的ひとつ

行先の定まるまでを鰯雲

白亜紀の地層いくへや十三夜

かけもちの運動会の祝辞かな

尾花照る臨時列車の着く頃か

警笛の管楽器めく谷もみぢ

ブロンズの豹の背すべる冬日影

饒舌な鳥の来てゐる寒椿

蠟梅の風にふくるるレンズの眼

年の湯に佳きことうかべ数へをり

初春の百句かがよふ清記稿

尾根道に人あらはるる四日かな

雪雲や海までつづく祈りの灯

寒灯の脈を打ちたるごとき赤

樹木医の大きな鞄日脚伸ぶ

春を待つベルギーチョコの旗艦店

春めくや友を迎ふる白き皿

花のごと匂ふ草書や春夕べ

春なれや鳥の潜くも羽ばたくも

ミモザ咲く硝子の壁の実験棟

山焼の炎に透けてをり火切道

母のもの似合うてきたる彼岸かな

石垣の継ぎ目ふくらむ桜東風

清明や土地神に礼深くせり

焚口に花冷いたる休み窯

陽炎や埴輪の耳の欠けてをり

坂を漕ぐ少年茅花流しかな

手かざしに仰ぐ藍屋の花樗

聖五月足指つかむ赤子の手

吸うてみる蜜のむかしや忍冬

漁火の湾を縁どる涼しさよ

# あとがき

第一句集『プリズム』から十年、昨年は父朝人の十三回忌、母の三回忌であった。コロナ禍を経て「今・ここ・われ」をいっそう強く意識し、俳句とともにある幸せを実感している。何の関係も無いように見える一つ一つの些事が全て「今」に繋がっている。〈俳句はいきいきと生きる主体のあらわれ〉との師の教えはゆるがない道しるべである。光を透して彩色を放つプリズムのように、一瞬の心のゆらぎを句に刻みたいという思いは変わらない。

二〇一五年に立ちあげた季刊小冊子「残心」も佳き仲間に恵まれ支えられて

今夏三十六号を重ねることができた。

父亡きあとの十年、母の存在はとてつもなく大きかった。今でも見守っているに違いない母に感謝をこめてこの句集を捧げたい。

最後に句集を編むにあたりご助力を頂き、また帯文を賜った島端謙吉氏はじめ「残心」の皆様、家族、友人に感謝申し上げます。

令和六年　盛夏

中戸川由実

## 著者略歴

中戸川由実（なかとがわ・ゆみ）本名・中戸川由美

昭和33年　横浜生まれ
平成12年「方円」入会　中戸川朝人に師事
平成14年　方円賞
平成15年　同人
平成22年　方円同人賞
平成23年「方円」編集長
平成25年　第一句集『プリズム』
平成27年3月「方円」退会
　　　　8月 季刊同人誌「残心」創刊

現　在　「残心」代表　俳人協会会員

現住所　〒226-0019
　　　　神奈川県横浜市緑区中山3丁目9-60

句集　プリズムⅡ

二〇二四年一二月一五日　初版発行

著　者――中戸川由実
発行人――山岡喜美子
発行所――ふらんす堂
〒182-0002 東京都調布市仙川町一―一五―三八―二F
電　話――〇三（三三二六）九〇六一　ＦＡＸ〇三（三三二六）六九一九
ホームページ https://furansudo.com/ E-mail info@furansudo.com
振　替――〇〇一七〇―一―一八四一七三
装　丁――君嶋真理子
印刷所――日本ハイコム㈱
製本所――㈱松　岳　社
定　価――本体二八〇〇円＋税

ISBN978-4-7814-1705-9 C0092 ¥2800E

乱丁・落丁本はお取替えいたします。